改变，从阅读开始

漢唐陽光 · HTYG

美丽古典

骆玉明 / 著

江苏凤凰文艺出版社
JIANGSU PHOENIX LITERATURE AND ART PUBLISHING, LTD

南宋·梁楷作　李白行吟图

清・王时敏作 **杜甫诗意图 山村秋色**

清·王时敏作　杜甫诗意图 落木江帆

明 · 解缙作　少陵诗意图

唐·王维作　江干雪霁图卷

清 · 王宸作　山居秋暝诗意图

清·邹一桂作　**杜牧诗意图**

明 · 戴进作　月下泊舟

《美丽古典》重版序

《美丽古典》是多年前由复旦大学出版社印行的一本小书，脱销已久。有些读者喜欢它，或者摘抄到互联网上，或者放在微信圈里传播。《瞭望东方周刊》的老朋友黄琳坚持要把这本书拿去重版，怕我拖沓，就直接找到在图书策划与出版行业中颇有声名的尚红科兄商量，然后寄给我一纸出版合同，安排给我的任务是写一篇重版序。

说些什么呢？想起经常被人邀去讲古典诗歌，开场大抵会说一些今天我们为什么还需要读古诗的理由，说得最多的，是读古诗会让我们更喜欢自己。

细细想起来，人要很有把握地喜欢自己也是蛮难的。人性的根底、人生的现实没有那么美好；人们的欲望彼此冲突，相互窥测，暗中计较，生活因此变得紧张不安。这令我们看自己有时不那么愉快，庸俗、贪婪、虚饰、委琐、焦躁，凡此种种，常常会浮露出来给我们一个恶意的嘲笑。

而在诗歌这一由语言所构拟的空间里，我们有另外一种样态的生存。诗固然取材于生活，却更多地体现着人性中美好的向往，人情中美妙的趣味。简单地说，诗总是在追寻生命的完美的可能性，并以最精致的语言形态来呈现它。在诗的世界里，生命以优美的姿态自由地舒展。

有些学者试图为我们揭露一种事实：诗人并不像他们自我期待的那样高尚；陶渊明也罢，李白也罢，都有庸俗的一面。这个我们知道。但陶渊明、李白是否有跟我们同样庸俗的地方并不重要，他们那种引导我们超越庸俗的艺术创造才是重要的。

读诗的时候，我们欣赏古人，也欣赏自己。我们在古诗中读出一种味道、一种感觉，这个味道是谁的呢？是李白、杜甫的吗？是的，但又不只是李白和杜甫的，也是你自己的。作者把他的人生情感和经验封存在语言形式中，这是创作的过程；读者把自己的人生情感和经验注入进去，去理解作者，又借作者来理解自己，是解读的过程。诗这时以属于你个人特有的形态被再度激活。

生命是现实的，当然有种种利益计较；生命也是诗意的，离不开奇妙的幻想。流连于诗的时光会多少洗刷我们心灵中的污渍，减少我们的虚伪与卑琐。因为你会意识到很多无趣无聊的窝囊其实是可以抛弃的，我们没有必要总是活在无趣无聊的窝囊中。

古人说:“腹有诗书气自华。”“气自华”，不仅仅是为了让别人更喜欢自己，更是为了让自己喜欢自己、欣赏自己。

这就算是序了。我把原序也保留着，关于这本小书如何形成，在原序中有介绍。

骆玉明

2017年3月

写在前面·初版序

在这本小册子中选录了约七十篇大抵是久来为人们熟悉和喜爱的唐诗，加上简短的文字解说。用“美丽古典”来冠名，内容也许嫌单薄一些，但应该是还相称。这些诗篇都是很美的。至于选录作品几乎全是短篇，除了考虑长篇阅读起来过于劳神，不符合这本小册子编撰的初衷，也是因为唐诗中实以短篇最为精美。

一位日本朋友告诉我他母亲的故事：老太太很多年里每逢中秋都要独自在庭园里焚香拜月，后来美国人跑到月球上去了，她叹了口气，从此不再奉行这古旧的仪式。现代科技不断驱散人心中遥远的幻梦，而商业文明则培养了精明实在的计较来填充它。尤其是中国的这十数年，社会在摇晃中重新分出穷富等级，人心愈发显得慌张而急迫。是的，古典的飘逸散淡作为生活态度大概是再也不可能了。我无意夸张古典诗歌在现实生活中的价值，也素不以守卫传统文化为己任，只是从个人的经验来说，觉得在焦虑烦躁的时分，偶尔能回到诗意的心情也还是好的。生命很古老，它有可能与各种生存样态相通，并借此丰富自己。在一首古诗的意境里，你可以徜徉于草木，流连在云水，或者聆听边城苍凉的笛声，那一刻生命享有丰美的意趣，并且知道任何一种生存都只是与时空的偶然相遇。

唐诗鉴赏一类书已出过很多，不过我写的文字大约不会和别人雷同。并非我有特别高明的见解，而且诗也并不依赖于解说。只是我对诗的意境以及语言如何去呈现它有更多的关注，而尽量避免琐碎、木拙的解释和夸张、滥情的引申，希望这些文字令人更容易体会到古诗固有的鲜活之气。这可以算与读者作一种读诗体会的交流，而对不怎么熟悉古诗表现手段的读者，或者也提供一些经验吧。

这本小册子的来由也是偶然。几年来因人情难却，应一些杂志、出版社之约断断续续写了些短浅的关于读诗的文字，渐积渐多。记得有些篇章发表于一家中学生杂志的时候，曾有读者来信告诫我要注意承担更为重大的文化责任，意思大概是作这等浅而琐小的文字不怎么合身份吧。这么说是因为对我的误解。不过写出的东西要让自己觉得还有点意思，让读者觉得还好看，也是费力气的。喜欢读的人也有一些。复旦大学出版社的朋友认为可以汇编成册，于是在旧有的之外又增添若干，大致梳理一下，形成了现在的模样。需要声明的是：这里面有些是与他人合作发表过的（如顾伊君），此番略作修改收入，在此谨谢合作者的大度。出版社的孙晶小姐为将此书做得好看些，花了许多心思，也在此谢过。

骆玉明

2002年夏日

目录

［赏析］

战国末年，荆轲为燕太子丹复仇，欲以匕首威逼秦王（后来的秦始皇）屈服。丹与诸宾客着白色衣冠——丧服——为荆轲饯行于易水边，高渐离击筑，荆轲高歌：风萧萧兮易水寒，壮士一去兮不复还！

这计划不过是无望中的一搏。但成败是另一回事，当一个孤单的生命撞碎在强大的暴力上时，它已经迸发出勇毅的光芒。所以易水送别，成为中国历史上最为人熟知的场景，它留下“燕赵多慷慨悲歌之士”的美名。因此骆宾王诗中说：“昔时人已没，今日水犹寒。”

骆宾王也是个不甘于生命平庸的人。他后来参与了徐敬业反叛武则天的战事，兵败后不知所终。

于易水送人一绝

【骆宾王】

此地别燕丹，壮士发冲冠。
昔时人已没，今日水犹寒。

[赏析]

人相聚为群体而生活，从一个自我出发向外延展，有他的亲人、家族、朋友、乡亲、民族、国家乃至整个同类。然而每个人的生命又都是惟一的，在永恒无垠的宇宙中它不再重复。“我”和“我”以外的一切相互对峙，生命有着与生俱来的孤独。

孤独的时候人们会寻求沟通，期望诉说，用絮絮叨叨的话语或喧嚣的呼喊将它淹没。然而孤独却又是一份独特的情怀，是人们在根本上不愿意放弃的。尤其对那些以英雄自负的人来说，正是在体味孤独时，自我得到了强烈的确认，它因与众人与世界的分离而凸显。

陈子昂用至为简朴的语言描绘出他的孤独的姿态：在时间与空间的荒莽之中，它高高地耸立着，骄傲而悲伤。所有读诗的人无论曾否深思，都会怦然心动，这一短篇亦因之传唱千古。

登幽州台歌

［陈子昂］

前不见古人，后不见来者。
念天地之悠悠，独怆然而涕下。

[赏析]

在遥远的分离中，相思者所牵挂的人似乎已经被虚无所吞没。那是古代，信息难以沟通，你也无法想象对方的生活。而感情无法传达时，它的滞塞会令人郁闷。在这情形下，月亮似乎建立了双方之间的联系：当莹洁的月轮从海上升起时，它的光波瞬间就传遍了整个世界；既然你相信双方的相思之情是共同的，那么也就可以相信月光能够成为传递感情的媒介。

相思者于是在这长夜里徘徊着。他怜爱满室的月华而不愿有别样的光混杂在其间遂吹灭了蜡烛，他披衣来到室外发现因为夜渐深晶莹的露水已浓。一个清虚而纯净的夜，相思滋长为欢晤的渴望。那么就睡去在梦乡吧，如果两情感通，无拘的梦魂当能造就一段更美妙的时光？

诗中所抒写的是同性间的友情还是异性间的爱情，作者对此未加说明。只是这悠悠不尽的情思，总是引发读者作出他所喜欢的解释。

望月怀远

[张九龄]

海上生明月，天涯共此时。
情人怨遥夜，竟夕起相思。
灭烛怜光满，披衣觉露滋。
不堪盈手赠，还寝梦佳期。

[赏析]

春天是贪睡的季节，懒洋洋睡到十分满足，那将醒未醒之间的朦胧状态，真的很惬意。听见鸟儿叫得欢，心里顿时开心，知道这是一个晴天，是赏玩春色的好时光——突然就想到：昨儿一夜可是风雨不止呢，花儿恐怕凋谢了不少吧。这诗写得十分浅近，连未识字的小孩也能读懂几分，但不要忽视它所表现的心理活动相当细致。“处处闻啼鸟”那一种欢喜之情，是跟“夜来风雨声”连在一起的，而“花落知多少”的担忧，也不是醒来那一刻才产生，它是昨夜的心情，在睡梦中被忘了，醒来时又忽然浮到心头。而这一切，都是发生在“春眠不觉晓”的特殊条件下，一个朦胧瞬间几乎是潜意识状态的活跃情绪被描写得如此亲切生动，难怪它成了唐诗中最为人们熟悉和喜爱的篇章之一了。

春晓

［孟浩然］

春眠不觉晓，处处闻啼鸟。
夜来风雨声，花落知多少。

[赏析]

老朋友请客，说是炖了个把只鸡，煮了些黄米饭，都是乡村里平常的食物。到了他的庄子，有连片的绿树环绕着，也不是有意的，就自成一处小天地；离城倒也不远，但隔着逶迤的青山，便各有自己的气氛。坐在窗前，眼前是平坦开阔的打谷场、菜园子，随意饮着酒，也没有特别的话题，只闲扯些农庄里的琐事。不知不觉就到了该告别的时候，彼此都还依依不舍，于是留下了重阳再访的预约，它构成诗中情感的延伸。

这诗写得很平淡的。不过，老朋友之间就是这么个情形，没有多少礼节的讲究，说些什么也无所谓，彼此想着了，能在一起闲聊一会就觉得挺满足。所以看似平淡，却浸透了淳厚的人情。再说远些，这种平淡又显着无所用心似的萧散，它跟城市里官场中免不了的虚饰、焦虑、紧张，正好是相反的情调。只是，诗人没有说那么多，也无意将这村庄描绘得像桃花源似的，他只说了些平淡的话。

过故人庄

［孟浩然］

故人具鸡黍，邀我至田家。
绿树村边合，青山郭外斜。
开轩面场圃，把酒话桑麻。
待到重阳日，还来就菊花。

[赏析]

先从第二句来读，“万里长征人未还”表明战士来自远方，写出战争影响范围的广大。说“人未还”当然是现时的事情,但首句写“出塞”的去处却是“秦时明月汉时关”。这里作者巧妙地把时间向前作了延伸，喻示边塞的征战自秦而汉迄于如今的大唐，从未停止过。诗歌把具体的事件放在了巨大的时空中，这不仅仅使意境得以拓展，更写出了战争本身的无奈：在长城这条分界线两边，北方游牧民族的生存方式决定了他们必定要向南方挤压和掠夺，而抗拒这种挤压和掠夺便成为长城内农业民族的历史命运。

谁能够平定战事？汉代曾镇守卢龙城、被匈奴惊呼为“飞将军”的李广，有过“不教胡马度阴山”的辉煌功业，现在人们也寄希望于这样的勇将。然而“但使”、“不教”是个条件句，它暗示这样的将领难以得到，那么将士的久戍不返也将是难以摆脱的命运。——此处稍作补充：“龙城”不仅作为地名来用，在阅读的直觉上，它还是“飞将”的衬托。试换成“柳城飞将”之类便可明白。

边塞诗通常有两种不同倾向：或是歌颂将士杀敌的壮勇和报国的热情，或是描绘边关的寒苦与将士思乡的哀愁，但本篇却不是简单地靠向任何一边，它在更大的历史视野中让人体悟到战争是不可避免、不得不承受的痛苦。

出塞

〔王昌龄〕

秦时明月汉时关，万里长征人未还。
但使龙城飞将在，不教胡马度阴山。

[赏析]

既是送别，朋友离去的原因自然是知道的。却仍然要写一句“问君何所之”，为的是表明心中的关怀之情。“君言不得意”，道出一种苦涩来，这苦涩是彼此都理解的。不得意又如何呢？世间不得意之人、不得意之事尽多，絮絮不绝地说，未免寒窘，又徒增烦苦。既去山林，便说那山林的乐趣：白云悠悠，连绵无尽，会使人心胸恬静，未见得世间的功名有多少可恋呢！

对无奈的选择，很难强为宽解，要的是感通与默契。许多欲语还休的话，都留在言外了。

送别

［王维］

下马饮君酒，问君何所之？
君言不得意，归卧南山陲。
但去莫复问，白云无尽时。

[赏析]

《诗经》中《式微》一篇，有这样反复的咏叹：式微，式微，胡不归？意思是：天已黄昏，你为何还不归去呢？

人们在世间走得疲惫。他们被名利搅得心神不安，看着别人的脸色，庆幸成功或者懊丧失败。一切被称为“身外之物”的东西，以它的虚妄压迫着生命，使之不堪负担。于此，人们常常也会自问：你为何仍不归去呢？

但生命似乎永在路途，而并无归宿；除了在路途中倒下，人很难有别样的选择。因此诗成为一种可能的寄托。在王维的笔下，我们看到乡村淳朴的生活，这里没有竞逐和机巧，没有令人不安的焦虑，农人的日子显得恬静而安闲。——这看起来朴素而自然的景象，其实是精心虚构的描摹，它给心灵一片可以憩息的土地。

渭川田家

【王维】

斜光照墟落，穷巷牛羊归。
野老念牧童，倚杖候荆扉。
雉雊麦苗秀，蚕眠桑叶稀。
田夫荷锄至，相见语依依。
即此羡闲逸，怅然吟《式微》。

[赏析]

秋山本就清朗，而况是雨后，而况是暮色渐浓，明月相照。世界从浮华与喧嚣中脱出，散发淡淡的光辉，显示它内蕴的宁静与纯洁。

这世界却又并非枯寂。月光在松林中投下斑驳的影子，清泉在山石上流动，竹林中有浣女的嘻笑，荷塘里有渔舟在滑行。这一切，犹如流动的音符构成了恬静的乐曲。

王维是禅者，是诗人，是画家，他所描绘的世界，在一片虚静空明中现出梦幻般的美丽的光华。“王孙自可留”，栖居在这诗的意境。

山居秋暝

［王维］

空山新雨后，天气晚来秋。
明月松间照，清泉石上流。
竹喧归浣女，莲动下渔舟。
随意春芳歇，王孙自可留。

［赏析］

在世间一切实存的事物中，变化最为微妙的是光线和声音，它们总是在流动之中，总是在产生的同时便消失了；它们游移在“有”和“无”的边界地带，既证明了世界的实存性，又给人以虚无的暗示。如果说万有都在生灭之中，岩石也有化为尘土的一日，那毕竟是理性的推断，而光与声却在当下演示了万有的生与灭。

当然，诗歌不是哲学讨论，它需要给读者以活生生的感觉，引领我们进入到艺术的境界去体会某种哲理。王维的这首《鹿柴》，也许是中国古诗里蕴涵上述哲理的最好的例子。前两句写空山之中但闻人语之声而不见人的身影，由于这声音的不可捉摸，山的空寂也就是诗歌中世界的空寂成为一种波动的感觉渗透到人的心灵中来；后两句写黄昏时候的阳光透过深林投射在青苔上，这暗淡地浮动着并且正在静静地消逝的阳光，让人渐渐沉潜到世界不可言说的幽深之处。此刻，正处于虚幻与真实之间的世界显得极其单纯又极其丰富。

但诗歌在字面上只是写了诗人位于终南山下的辋川别业中鹿柴这地方的一个瞬间。

鹿柴

［王维］

空山不见人，但闻人语响。
返景入深林，复照青苔上。

[赏析]

那名叫作“濬”的和尚抱一张古琴走来的时候，连绵高耸的峨眉峰作了他的衬托。

像是随意地一挥手，音乐从弦上泛起，弥漫着向人涌来。没有金戈之声，没有衰怨之意，蜀僧的琴音里是明净祥和的大方之气。如万壑松涛，宏伟却并不喧闹；如高山流水，曲折而又澄净。它的袅袅余韵，与薄暮中山寺的钟声和鸣，引人心至天地杳渺深远之处，浑然忘却了枯坐的身躯。

万物四时，自有声息，音乐的最高境界便是不搅扰这最美的声音。如此，方能洗涤人的心怀，明晰人的视听，使之融合于自然的律动中。

听蜀僧濬弹琴

[李白]

蜀僧抱绿绮，西下峨眉峰。
为我一挥手，如听万壑松。
客心洗流水，余响入霜钟。
不觉碧山暮，秋云暗几重。

[赏析]

古来蜀地多产俊才，然而其人不出蜀则无所成就——这里不是中国的中心舞台。

李白二十六岁离开自幼生长的西蜀，踌躇满志，振翅欲飞。此时他的旅舟泊在号称楚蜀咽喉的荆门山下，但见群峰万叠，已在身后，平野无涯，尽展眼前；一路被两岸高山紧紧夹持的长江欢畅地流向辽阔的大地，像是诗人的才情一泻无余。因天地的旷寥，可以看见云朵堆垒如海市蜃楼，孤悬的明月在水波上投下清亮的影像。——一个广大的世界将属于他，因为他是真正的天才。

当然，养育了他的故乡仍然与他彼此两情萦绕，不会就此割弃。不见那浩浩江水，一路从故乡相伴而来吗?

世界因诗人的多情而呈现为多情，这在李白那里显得最为突出。

渡荆门送别

［李白］

渡远荆门外，来从楚国游。
山随平野尽，江入大荒流。
月下飞天镜，云生结海楼。
仍怜故乡水，万里送行舟。

[赏析]

李白到处浪游，新朋旧知，聚聚散散是常事。他是一个自由洒脱的人，不爱把别离描写得凄凄苦苦，他的诗里，别离也是很漂亮的。

这一回，李白要离开金陵。暮春时节，柳絮飘飞。送别的是一群年轻人，他们应该是有钱、热爱文学而崇拜李白的，会把场面吵嚷得很热闹。而酒家的女招待也是识趣的人，她不断劝酒，使人醉得渐渐忘形。于是诗人指着窗外的长江吟出这首诗来，说是人情盈盈，长过江水。也许多少有些伤感，但这离别中更多的是欢快，所以诗的音调显得十分流畅。

第一句，柳花怎么是“香”的呢？谁也说不明白。李白很开心，他觉得柳花飞得好看，他又闻到了香味，他就说：“风吹柳花满店香”。别的他可不管。

金陵酒肆留别

【李白】

风吹柳花满店香，吴姬压酒劝客尝。
金陵子弟来相送，欲行不行各尽觞。
请君试问东流水，别意与之谁短长？

[赏析]

《玉阶怨》这个题目通常用来写宫女的哀怨，她们在诗歌里总是无望地期待着君王的恩宠，无望地数着自己的青春时光的流失。

这种故事本来是陈旧而简单的，李白却能够凭借着他那永远是新鲜的感觉，将它写得美丽动人。玉阶、白露、水晶、秋月，都是一些细巧玲珑而光洁的材料，具有相似的色泽和情致，它们烘托着一位文雅而忧伤的女子，使她似乎也具有晶莹透明的质地。读这首诗，你好像是正在欣赏一座象牙雕刻，却又分明听见那晶莹透明的女子发出细细的叹息声，看见她的目光里有如水的怨艾。

对诗而言重要的不是故事，它要提供给我们某种幻想。

玉阶怨

【李白】

玉阶生白露，夜久侵罗袜。
却下水晶帘，玲珑望秋月。

[赏析]

在久久的漂泊中你会渴望宁静，在人世的是是非非里你总有烦倦的一刻，在无数聚散之后你想要一个诚恳地守护你的朋友。

如果你正是带着这样一颗疲惫的心走到一座凝然伫立的青山前，你坐进它的沉默和温厚，坐进它的永恒，它将告诉你：自然才是永远可以信赖的朋友，最后的守护者。

你仍将在世上奔走，但山已把永恒的意味告诉过你。

敬亭山在今安徽宣城。一座普通的山，因李白的诗篇而成为名胜。——但其实这诗意是广存于自然之中的，只要你懂得。

独坐敬亭山

［李白］

众鸟高飞尽，孤云独去闲。
相看两不厌，只有敬亭山。

[赏析]

李白被世人称为“谪仙”，这不仅因为他好道家神仙之术，更因为他身上有一种奇异的气质。他多奇思，好幻想，常兴逸天外；他在俗世中固然也活得兴高采烈，向往功名事业，到处呼朋唤友，但心思却每于不经意间飘飞远去；他神交古人，幻遇神仙，竟好像实有其事，并无隔阂。

所以李白常常是落寞的，他会感到人世如梦，四顾无亲。但他又不耐落寞，感情必要有所交流，于是就把天地自然认作了朋友。这会儿他在花间月下独自饮酒，挺烦闷的，就想找个伙伴。于是举杯邀月，对饮成双；仍嫌不够热闹，又拿自己的影子来凑，居然算得一场小小的宴会了。虽然月和影实不解人情，终究也能陪着自己及时行乐呢。况且，到了陶然之际，歌舞自娱，月和影居然也能伴着摇曳生姿。只是他不能明白月亮到底是否对他有情，便想着：等到自己回到天上，再就近相交吧。

这其实是孤独中于人生多所眷念的歌，但也真是非我辈俗人所能想象。

月下独酌

【李白】

花间一壶酒，独酌无相亲。
举杯邀明月，对影成三人。
月既不解饮，影徒随我身。
暂伴月将影，行乐须及春。
我歌月徘徊，我舞影零乱。
醒时同交欢，醉后各分散。
永结无情游，相期邈云汉。

［赏析］

对于征战于边塞的军人来说，死亡是一个常在身边出没的好恶作剧的游魂。它是那样亲近，而且它早已约定总是要在一个不能预料的时刻来临，所以并不像常人所想象的那么可怕。既然生命无法以寻常的寿数来计算，既然你能够抓住的只是被单独对待的每一天，那么，与其怯弱地哀吟，不如开怀痛饮，纵情高歌。因为生命是那样可爱的东西！

酒是蒲（葡）萄美酒，杯是珍贵的夜光杯，喝呢就喝个一醉方休，倒地如泥。这里有几分奢华几分颓废，但绝不同于富贵人家无耻的奢华，苟生者无聊赖的颓废，它以豪迈的享乐嘲弄死亡，遮盖忧伤，深情地抚弄着尚属于自己的生命。

凉州词

【王翰】

蒲萄美酒夜光杯，欲饮琵琶马上催。
醉卧沙场君莫笑，古来征战几人回？

[赏析]

凡庸而短促的生命，造出许多飘然自由出入于时空的幻梦，仙人骑鹤而游的故事，便是其中之一。又有人造一座黄鹤楼来纪念它，使梦呈现为物化状态。

如今，黄鹤楼成为崔颢人生漂泊的一站。他未必不知道那故事本属虚无，却以无作有，借黄鹤的一去不复返，写出自由与永恒的梦想在人间的不可得；而白云悠悠，以千古的淡漠，映衬着俗世凡人一代代悲喜交杂的剧情。人若走入长天大地，便容易看见自己的渺小。

烟波迷茫，暮色缓缓地笼罩了草树沧洲，客愁也随之浓重起来。此时遥望目不可及的乡关，也不只是怀乡之情，而更多是感念人在天地间的根本上的漂泊无着。

黄鹤楼

［崔颢］

昔人已乘黄鹤去，此地空余黄鹤楼。
黄鹤一去不复返，白云千载空悠悠。
晴川历历汉阳树，芳草萋萋鹦鹉洲。
日暮乡关何处是？烟波江上使人愁。

[赏析]

长干是金陵的地名,《长干曲》则是南朝乐府的旧题,现存古辞写一名女子冒着风浪驾舟邀情郎相会的情怀。崔颢所作的这二首其实是一组,用男女对唱的方式来表达,既承继南朝民歌的传统,又别具一种清新稚拙的特色。

男女对唱的诗总是以情歌居多,这二首却在若有若无之间。第一首开头两句是相互问答,场景为江上两舟相逢。男子问女子家住哪里,女子告诉他家住横塘,很家常气的。后两句则转为对男子心理的描摹:停下小舟问个话,说不定咱们是老乡呢。想象那女子该是很可爱的,才引起他的注意;攀同乡则是古往今来搭话的最好由头。至于他的心事是深是浅,却是无法一下子断定,或许也是走着看吧。

第二首则全是女子的对答。看情形同乡已经攀上了,不过女孩却不愿就这么亲热起来,她的话说得让人摸不着头脑:从小在九江(这大概江南的古地名)边长大,虽说同是长干人,却素来不相识的呀。这是什么意思呢,好像要拉开距离,又并非没有再往下说的余地,让人感觉到有一点天真的羞涩。

诗也没有再多写什么,这是水上人家很平常又很有意味的一个生活片断。

长干曲二首

【崔颢】

君家何处住？妾住在横塘。
停船暂借问，或恐是同乡。

家临九江水，来去九江侧。
同是长干人，生小不相识。

[赏析]

古时常把一个人的音乐趣味与他的精神境界相联系，甚至将之视为人格的象征。

在这首诗中，主人公弹响的是什么样的乐曲呢？“泠泠”多用来形容山间泉水清亮的声音，这里借指琴声；“松风寒”既点出弹奏的曲名是《风入松》，同时也是指琴声所引发的想象、感受。两句简洁的描述暗示了音乐的精神内涵：它是明澈、纯净、庄肃的，同时也就暗示了弹琴者的人生境界。

这一乐曲被称为不入时的“古调”，世人早已将它忘却。在精神象征的层面上，这意味着作者所信守的人生准则与世人相异。世界是富于变化的，人只有竭其智力去追逐这种变化，才能为时所重，获取所需的名利。但作者借音乐为喻，表示自己宁可孤独地沉浸在所喜爱的“古调”里。

“好古”当然可以解释为一种守旧的心态。但它也可以从另外一种意义来理解：人类社会的某些基本价值准则是具有永恒性的，它在非常古老的年代就已经确立。在历史的变化中，需要有人守护，使它不至于失落。

弹琴

［刘长卿］

泠泠七弦上，静听松风寒。
古调虽自爱，今人多不弹。

[赏析]

在国家是长久的战乱，在个人是连年的离乡漂泊，忽然“闻官军收河南河北”，安史之乱就此平定了，堵在胸中的烦闷如满天乌云一扫而空，满心欢喜如喷泉般涌出，于是杜甫有了这首“生平第一快诗”。

“快”当然首先是心情的欢快。但作为诗歌——尤其是格律严整的七律，怎样才能淋漓尽致地表达这种心情的欢快，却大有讲究。这首诗里，诗人的形象活跃地呈现在我们面前，以一连串动作，迅捷地推进着诗的节奏：消息“忽传”而至，才“初闻”便已是泪满衣衫，悲喜交加，如痴如狂；边放歌边纵酒，歌酒未了，便呼妻还乡；而才说到还乡，想象中的舟船就已经飞贯三峡，直趋洛阳。音律、对仗仍然是工整的，但这种工整的形式非但没有阻碍情绪的奔流，反而强化了它的振动。千载之下，我们只要读起这首诗，便会被那情绪所感染，想要手舞足蹈一番。杜甫，不愧是诗中圣手啊！

然而，国家的混乱却并未从此结束，杜甫也终于客死异乡。后人读诗而念及于此，不禁又另生一番感慨。

闻官军收河南河北

［杜甫］

剑外忽传收蓟北，初闻涕泪满衣裳。
却看妻子愁何在，漫卷诗书喜欲狂。
白日放歌须纵酒，青春作伴好还乡。
即从巴峡穿巫峡，便下襄阳向洛阳。

[赏析]

杜甫住在成都，当然知道诸葛亮的祠堂在哪里。开首问“何处寻”乃重在表达诗人内心对这位名相的向往；两句自问自答，又形成诗意的流动感。这种流动的表达和下面对偶句跳跃的表达构成诗歌节奏上的变化。而“柏森森”这一远观的描写，在进入祠堂之前先渲染了庄肃的气氛，这气氛笼罩全诗。第二联以写祠堂内的景色为过渡，但又不是单纯写景——那会使诗意涣散。春草自顾葱茏而黄鹂徒有好音，正显出大自然的运转不受人意的影响，背后是杜甫常有的念头，即人和世界彼此疏隔。第三联可以看到杜甫无与伦比的驾驭语言的力量，他在十四字的对句中写尽了诸葛亮一生主要的业绩：刘备三顾茅庐，诸葛亮与之畅论天下大势；出山后助先主“开”国，“济”后主治蜀，而鞠躬尽瘁，耗尽“老臣”心血。如将两联相对比，又可以看出第二联较疏松而第三联极紧凑。这是对句的艺术，一味疏松固然寡淡乏味，一味紧凑也未免滞重呆板；一松一紧，调动了读者的情绪。尾联用诸葛亮于出师途中身死五丈原的归局导致反向的转折。天下事常有竭尽人力也无可奈何的，这是古今英雄共有的感慨，所以他们思诸葛而“泪满襟”了。但这并不是无力的沮丧，而是悲愤的激情。诗就在情绪的高潮中回到谒祠堂思先贤的本题。

蜀相

［杜甫］

丞相祠堂何处寻，锦官城外柏森森。
映阶碧草自春色，隔叶黄鹂空好音。
三顾频烦天下计，两朝开济老臣心。
出师未捷身先死，长使英雄泪满襟。

[赏析]

写这诗时，杜甫居住在成都郊外浣花溪畔的草堂。

清澈的江水在村边曲折地流过，用“抱”来说它，像是有依恋的心情。相比于战乱的中原，相比于几年来颠沛流离的生活，这西南边地的小村，这初建的草堂，像是与兵火与血腥隔绝的世外桃源。一切平平常常的景色，都有恬静幽雅的意味。“自去自来”是堂上的燕子，没有畏避与惊惶；“相亲相近”是水中的鸥鸟，没有猜疑与争夺。人的生活也融入这样的氛围中，老妻也有了闲趣，小儿寻着自己的玩乐。心倘能安然于平静的此刻，便有轻盈的诗情。

然而这生活是建立在“故人”分给“禄米”的条件上的。依人过活，不要说并非长久之计，在杜甫那样骄傲的心里，是可以处之无愧的吗？在说“微躯”的时候，他意识到生命状态的卑微了。这酸苦和“更何求”的自慰混融在一起。但此刻，且安然着，待老妻画完她的棋局罢。

江村

[杜甫]

清江一曲抱村流，长夏江村事事幽。
自去自来堂上燕，相亲相近水中鸥。
老妻画纸为棋局，稚子敲针作钓钩。
但有故人供禄米，微躯此外更何求？

[赏析]

杜甫晚年离开蜀地，乘舟沿长江入湘，这水上的漂泊是其一生中最后的旅程。

在这个安静而孤独的旅夜，天涯垂挂的星子犹如渴望的眼，而月光在江波上的翻腾演示着世界永不停息的流动。

他未必想到生命的尽头已经逼近。但长年的流寓，贫困而多病的生活，使他不能不感受到人生的荒凉。他曾经是骄傲的；诗是他热情的寄托，官是他报效君国、留名青史的凭借，而这一切似乎正从他的身边滑走。不能够再抓住什么，犹如天宇中的沙鸥，飘飞于长夜，找不到着落。

但无论如何，杜甫也不能把自己的生命描述成琐细萎靡的状态。他的孤独是以旷渺的天地来映衬的，他的悲凉有着壮丽的背景。那么，即使在无望的时刻，诗人也不曾被厄运征服。

旅夜书怀

［杜甫］

细草微风岸，危樯独夜舟。
星垂平野阔，月涌大江流。
名岂文章著，官应老病休。
飘飘何所似，天地一沙鸥。

[赏析]

在那个秋夜里，浑厚的铜钟声敲醒了在客愁中睡去的游子。一瞬间，周围的世界也突然在钟声中醒来，向游子呈现其诗意的内涵：远处是姑苏城，吴王与西施的姑苏城；近处是寒山寺，六朝风情的寒山寺；斜月的光华与霜色在空中交织成一片晶莹与清冷，而江边的枫林、江中的渔火以或隐或显的红色与之恰成对映——这一切，又都沉浸在余韵悠长，富有宗教意味的钟声里。世界如此深邃而不可名状，它把一种惊人的优美传达到身为游子的诗人的心里，使他笔下的词语排列成和谐的诗行。获得这一份天机的诗人于是千古留名。

枫桥夜泊

［张继］

月落乌啼霜满天，江枫渔火对愁眠。
姑苏城外寒山寺，夜半钟声到客船。

[赏析]

那渔夫睡在一个流淌的梦乡里，任风把渔船吹漂，随它穿过残荷，荡开荇藻。天上该是有些清清亮亮的星子，水面总会浮动长长短短的虫吟。它们悄然滑入渔夫的梦中，摇漾得悠悠闲闲。醒来，搁浅的岸边是一丛芦花，还是三五株红蓼？不拘何处，都可以重又抛下一日的垂钓。

诗题的意思是咏江村所见之事，然而中国古诗所写的渔夫的生活，早就渗透了文人趣味。襟怀洒脱、萧散无羁、亲近自然，便是这诗借着渔夫形象表达出的作者所向往的人生境界。

江村即事

〔司空曙〕

钓罢归来不系船，江村月落正堪眠。
纵然一夜风吹去，只在芦花浅水边。

［赏析］

陆鸿渐即陆羽，著有《茶经》，被称为中国的“茶圣”，他又是中唐的一位隐士。皎然则是同时代一位著名的诗僧。和尚、隐士，均是“方外之人”，他们有自己的生活乐趣。

诗中写作者寻访陆羽而未遇的经过。先是说陆羽迁居之处虽靠近城郭，但田间的小路却表明主人的常去之处乃是桑田麻地，走近来，看到篱笆围成的院子，篱边种了些菊花——但秋天已到，却仍未开花。于是敲门，不要说僮仆，就连看家狗都没一条，这户人家冷落得寂然无声。问邻居，才知道陆羽上山去了，总是要等到黄昏才回家。上山干些什么？研究他的茶还是采药？诗中也就不再说下去了。

这首诗写得十分朴素。没有什么结构上的讲究；更破格地不用对仗，因为对仗的语言总是显得精致，会损害朴素自然的风格。作者便用这种艺术风格，描述出陆羽的生活情调：孤寂而恬淡，隐身世外，自得其乐，不用什么装饰，也无须夸张。

寻陆鸿渐不遇

［僧皎然］

移家虽带郭，野径入桑麻。
近种篱边菊，秋来未著花。
扣门无犬吠，欲去问西家。
报道山中去，归来每日斜。

[赏析]

三国东吴的周瑜二十四岁为将，吴人称为“周郎”，其后功业愈显。在唐诗宋词里，“周郎”之名，成为及早成功、风流俊赏的象征。他又精通音乐，据说听人奏曲有误，便要回头看一眼，时谣曰：“曲有误，周郎顾。”

周瑜是历史上的名人，可说的地方太多，所以像这种关于其音乐修养的简单记载本来不易成为诗的材料。但李端在这里将原始素材改造成一个很有点浪漫气息的情节，“曲有误，周郎顾”变成了奏曲者所追求的结果，变成了多情女子对这位风流英雄蓄意的又不无捉弄的撩拨，于是凭空生出一片旖旎风光。如此巧妙的构想，见出诗人的才思。

五绝是古代最短小的诗体，仅仅二十个字的一首诗如何写得毫不局促，体现出隽永的意境，难度很大。一种常用的方法是虚设情节，因为情节是具有延伸性的，能够用言外之意来扩充诗的内容。譬如此诗所写奏曲者的“时时误拂弦”与周郎的频频回顾，双方的心思如何，又会导致什么结果，便自然成为有趣的联想。

鸣筝

［李端］

鸣筝金粟柱，素手玉房前。
欲得周郎顾，时时误拂弦。

[赏析]

诗中描绘了一幅暮春景象：青草漫漫，烟雨迷蒙，娇艳的杏花在雨中有了几分憔悴。曲折的苏溪（今浙江义乌境内）边，有供行人休憩的小亭，一位女子正倚栏向远方怅望。这不知是谁，诗人有意把她虚化了，却让你想见风吹拂她的衣带缓缓飘动的样子。也不说她为何流连于此，只说燕子不曾按时飞回，而春天却快要过去了。这是在暗示女子的青春时光徒然地流逝，而她的等待却遥遥无期。或许，苏溪亭便是她和那人当年分手的地方，她曾得到热情的许诺，而如今只有旧梦可拾？

女子伤春怀人，可以算是中国古诗里最常见的抒情题材。这诗仍然让人爱读，在于它的声调和谐，节奏委婉，语言是暗示性的，意蕴虽浅显，但全诗的意境十分优美。这是一种简单而精致的诗。

苏溪亭

［戴叔伦］

苏溪亭上草漫漫，谁倚东风十二阑？
燕子不归春事晚，一汀烟雨杏花寒。

[赏析]

生活经常是急匆匆的，在无数的事件和由此引发的焦虑中，时间的频率显得分外紧促。

但有时你也可以安静下来，把事件和焦虑放在身心之外。你可以看见树叶的摇动，虫鸟的吟唱，它们自有一种韵律，而与时间无关。你在一个渡口，并不急着赶往何处，那么悠然空泊的孤舟也就别有一番意味。世上的人行色匆匆，被人驾驭的舟船往而复返，那一切真是有必要的吗？

这诗是韦应物任滁州刺史时所作。唐滁州治所在今安徽滁县，西涧在其城西郊野。关于此诗的意旨，后人有很多解说。但过繁的穿凿与猜测其实无甚趣味，它只是借一幅景物呈现一种心境。这是摆脱人事的焦虑后的安谧，是片刻中对永恒的探问。

滁州西涧

［韦应物］

独怜幽草涧边生，上有黄鹂深树鸣。
春潮带雨晚来急，野渡无人舟自横。

[赏析]

在漫长的归乡之路上，这位军人哀吟在颓败的古城墙下。疾病、创伤，还有饥饿，堵住了他的归程，吞噬着他的衰残的生命。

卢纶笔下，曾经描绘出边塞将士在风雪之夜轻骑奔袭的豪情。人们会联想到：这位病军人，也曾以少年意气走向光荣的许诺，而如今乱发颓唐，飘零荒途。他能走回到自己的家乡吗？

战争是严酷的，但它比不上权势者对军人只顾利用而毫无恩惠的冰凉的心。

逢病军人

［卢纶］

行多有病住无粮，万里还乡未到乡。
蓬鬓哀吟古城下，不堪秋气入金疮。

[赏析]

这也许是唐诗里最为人熟悉也最令人感动的篇章之一吧，因为它写的是母爱，是人人都珍惜而永远不能忘怀的一份感情。

说到母爱，谁都有无穷的话。而诗中只选取了一个平凡而细微的情节：母亲为游子缝制衣衫。儿子总要离开母亲，出了门，你不知道他会不会念着老母的白发，是否想到早日归来，于是无尽的牵挂、担忧、慈爱便贯注在一针一线里，像不愿意把活儿做完似的。人们爱说母亲的伟大，但这“伟大”通常只表现于细琐的事情中。因此，诗中母亲的手，使我们从中联想到很多。

最后再推进一层，用小草和太阳的比喻，写出为人子者对母亲深深的感激与歉疚。其实，母亲还不是太阳，在付出无私的慈爱之后，她的生命便谢去了。

游子吟

［孟郊］

慈母手中线，游子身上衣。
临行密密缝，意恐迟迟归。
谁言寸草心，报得三春晖。

[赏析]

这首诗初读起来好像很随意的，写早春景象并无精致的描绘或不寻常的意思，说绿柳刚绽出少许黄芽，就是突出了早春的“早”。妙在后两句的反衬。“上林”用汉代皇家林苑代指唐都长安的繁华之地，这种地方到了花开似锦时，全城的人都涌去赏春了，那真是热闹，不过也就是眼花缭乱，满耳喧腾吧，其实是无趣的。反过来再看面前点点若有若无的柳眼，虽幼弱虽清冷却内蕴着勃勃生机，苦于冬寒的人不经意间发现了它，自会心头一动，油然而生欣喜。群芳的秾艳与世俗之人相逐为乐的热闹是一种配合，柳芽的“清”与诗人独有的敏感是另一种配合，而后者正因前者得以凸显。美是为懂得美的人而存在的，故“城东早春”只是“诗家清景”。

还不止于此。这诗中的对照又可以理解为哲理的寓言：凡庸之众，大抵随波逐流，事成而后见，只有独具慧眼的人才识得事物含而未露的微妙。此诗用轻松的语言写日常景象而寓理趣，已开宋人之先河。

城东早春

［杨巨源］

诗家清景在新春，绿柳才黄半未匀。
若待上林花似锦，出门俱是看花人。

[赏析]

此诗写寺庙后院的景色，又透过这景色表现对佛理的领悟。破山寺即兴福寺，在今江苏省常熟市西北的虞山上。

诗的前半部分似乎是很平实的交代：游览的地点、时间，从小路来到禅房——僧侣的住房——的过程，以及禅房周围花木繁盛的景色。不过这种描写中隐含了更深一层的意味。“曲径通幽”固然是地理空间上的历程，却也可以理解为精神性的历程：世界的外表是喧闹的，只有进入世界的深处，才能感觉到一种本质的幽静。而禅院的“幽”，正是这双重意义的叠合。

后半部分描写在禅院所见的景色。山林的风光使鸟儿感到喜悦，这是说自然真实可爱的一面；山色、花木倒映在清澄的潭水里，使人心变得空明，这是说万物终究只是一种幻象。按照佛教的理论，世界在本质上是一种虚无，但这虚无又通过“有”来表现；由“有”入“无”，是返归佛性，把握世界的方式。此时此地，万籁俱寂，惟有寺院中的钟、磬之声悠悠扬扬——其实并不是说一切声音真的不存在了，鸟儿想必仍然在啼鸣着，但人心沉浸到佛的境界里，便只听到佛的声音。佛教的义理很玄奥。此诗的特点，便是将这义理融化在景物中；即使你不明白作者隐藏的意图，也能感觉到某种很特别的气氛。

破山寺后禅院

［常建］

清晨入古寺，初日照高林。
曲径通幽处，禅房花木深。
山光悦鸟性，潭影空人心。
万籁此皆寂，惟闻钟磬音。

[赏析]

夜是宁静的。风悠悠细细，从江面吹来，带着曼宛的《采菱曲》的歌声。那是江南流行的关于男女欢爱的歌子，是谁，在那儿唱着它？歌声里隐藏着什么样的幽秘的故事和心情？

诗人伫立于江馆（江边客馆）的水亭中，面对不会显得喧闹的水边夜市。在灯火照耀下，市街中装扮得美丽的女子从夜的大幕上鲜明地浮凸出来。而此时，隐隐的菱歌似乎在为她动人的身姿移动伴唱。

如此，寻常的生活景象，被提炼、构造成单纯而完美的诗境。

江馆

［王建］

水面细风生，菱歌慢慢声。
客亭临小市，灯火夜妆明。

[赏析]

人生中每有意外与偶然。电影、小说喜欢写这样的故事：一对男女全不经意的邂逅，引发无数波澜，他们的生命被这偶然改变了。

但也有许多偶然、许多邂逅，并没有引发故事。你也许在某个车站、某处乡间的小路上，与什么人相遇，气氛恰好，心情也愉快，彼此似有会意，但匆匆也就走过了。那时有一朵花绽开，留在了记忆里。它本是你生命的另一种可能，而如今只是你怅然的回想。

从崔护这首诗，后人编出许多缠绵曲折的故事。但本来它并没有什么故事吧，它只是有一种产生故事的可能。读这种诗，人们会想起自己的某个时光。

题都城南庄

［崔护］

去年今日此门中，人面桃花相映红。
人面不知何处去，桃花依旧笑春风。

[赏析]

这是一首触景生情、信口吟咏的诗。没有什么巧思，却于瞬间感悟了天机，而自成奇趣。

“百般红紫”，各自呈现秀色美姿，好像都想在晚春的光景里占住主角的地位，怕落了寂寞，辜负了天生丽质。而“斗”的结果，是成就了一片芳菲，繁华如锦。

那么，杨花榆荚，那些形质简陋、色彩素朴的，便应自惭形秽，隐身匿迹了么？并不，它们也快乐地张扬着自己的存在。尤其杨花，更是漫天飞舞，纵无“才思”，也卖弄得自信。

犹如你从盛大的演艺场走出，看过俊男俏女斗奇弄巧的表演，再听街头少年散漫而自得的吼唱，你难道不觉得那也是可爱的、令人心动的吗？

晚春

［韩愈］

草树知春不久归，百般红紫斗芳菲。
杨花榆荚无才思，惟解漫天作雪飞。

[赏析]

这是一首描写围猎过程的诗。就诗的范围而言，围猎的对象是一头野鸡，围猎者则是将军和他的军队。

如此不相称的力量对比，作者却要写出力与力的冲突，巧妙在于他把所有的力量凝聚到最后的瞬间。前六句即全诗的大部分用来写“蓄力”的过程：先是烧围，火无声地从四面烧向围场中心，被猎者——那头野鸡在猎鹰的威慑下惊惶地起伏于草丛，将军骑马持弓，盘旋周侧，等待时机。火场已经收拢，观猎者心情变得紧张，箭也到了弦上，野鸡将要作出拼命的挣扎，所有的力量，包括情绪的肌体的器械的，都在等待爆发，于是最后的瞬间来临了——雉冲天而起，直上百尺，箭飞进跟击，箭雉交加，欢声四起，而此刻，五彩斑斓的野鸡带着箭和血坠落在将军马前。诗的画面凝止于此刻，不加半句废话来减弱诗的紧张。

这诗是韩愈的代表作，也是唐诗中最受后人推崇的篇章之一。也许有一种心理因素从未被人揭示出来：这诗以高度的紧张和紧张的宣泄满足了人心深处所渴望的杀戮快感。尽管，这只是杀一头野鸡，却是一场强大的、决绝的、雷霆万钧的杀戮。

雉带箭

【韩愈】

原头火烧静兀兀，野雉畏鹰出复没。
将军欲以巧伏人，盘马弯弓惜不发。
地形渐窄观者多，雉惊弓满劲箭加。
冲人决起百余尺，红翎白镞随倾斜。
将军仰笑军吏贺，五色离披马前堕。

[赏析]

《竹枝词》是巴渝一带的民间歌谣，刘禹锡在任夔州刺史时，依照这种歌谣的曲调写了十来首歌词，以本篇最为著名。

自古以来，人们就喜欢用歌声来传情，这或者是单方面的，或者是双方之间的。细想起来，这一种歌声真是很微妙的。它不像普通的言语表述，需要合适的气氛，恰当的理由，并且要考虑一定的后果；它可以凭空而来，轻妙地游动着，闪烁着，忽远忽近，似是而非；它犹如心情的触须，彼此试探，相互打量，或一触而退，或纠缠不休。你不能够简单地把歌词视为明确的约定，却也不能说它只是虚情假意的游戏——歌不过是一个开头，后面的故事还有待双方来编写。

爱情是难以言说也难以持久的东西，当它正处在朦胧状态，正处在有情无情之间时，也许是最令人心动的吧？曾经相恋的人，最终反目成仇的自不必说，就是结成了夫妻的，日子亦大抵是趋向了平淡；“东边日出西边雨，道是无晴（情）还有晴（情）”，回想起来，真是缥缈如梦。

竹枝词

［刘禹锡］

杨柳青青江水平，闻郎江上踏歌声。
东边日出西边雨，道是无晴还有晴。

[赏析]

这诗用民歌体写四川一带青年男女于春夜以歌舞相聚会的习俗。诗的内容，从对歌到舞蹈，到歌停舞散，到事后遗迹，是顺次而下的。这种写法保持了民歌体的自然顺畅，但弄不好容易显得平板单调。而本诗中，作者巧妙地利用最后一笔形成了诗意的循环：女子遗落花钿（首饰）而无所知，令人想象那一夜的狂欢纵情，于是又回到开头。这就打破了可能有的单调。

末句的趣味还不仅于此。“游童”对“花钿”的猜度是朦胧的，它把读者也带入一种朦胧状态——你无法断定那一夜到底发生了什么样的故事。至于“游童”拾了“花钿”去干什么，那也无法说了。也许他将这花钿插到自己喜欢的小女孩头上，看它亮晶晶亮晶晶地闪烁，心里很开心。

踏歌词

［刘禹锡］

新词宛转递相传，振袖倾鬟风露前。
月落乌啼云雨散，游童陌上拾花钿。

[赏析]

我从今天南京的“乌衣巷”走过，只见很普通的简陋的水泥楼房。想起六朝时代这里曾是最显贵也最风雅的王、谢家族聚居之地，喜穿乌衣的王谢子弟们尝从容于此较艺说玄，如今已没有任何可供怀古的材料，连刘禹锡咏唱过的燕子也不再飞入城中。历史的成毁内藏着人所不能知的玄机。在现时中占据历史舞台的人总希望这将是永久的演出，而变化却总是在意外的时刻以意外的方式到来。而生活于后代的人则自以为他们比前人更聪明，他们喜欢滥用言说历史的权力，岂知“后人又被后人说”。所以当诗歌企图给出一种历史的教训时，常常只是透露出自以为是的小智小巧。就以刘禹锡自己为例，他大概是同时所作同类主题的《台城》诗，有“万户千门成野草，只缘一曲后庭花”的归纳，但那不过是陈腐的旧调被毫无意义地重复了一回。

而《乌衣巷》之可咏，在于它的沉默。桥边野草，巷口斜阳，既是以一日为度的时间消磨殆尽的片刻，它的衰飒之气又喻示着以任何尺度来划分的时间——一年或一个朝代，也都会消磨净尽。而时间本身并不失去它的流动，它只是以新的方式重新开始。王谢堂前燕，飞入百姓家，人事的变迁与自然的永恒构成对照。诗人不曾对历史多说什么，他的沉默让我们也得以保持对历史的敬畏。

乌衣巷

［刘禹锡］

朱雀桥边野草花，乌衣巷口夕阳斜。
旧时王谢堂前燕，飞入寻常百姓家。

[赏析]

也许诗人曾见过渔翁在雪中垂钓，才触发了写这样一首诗的念头；但诗被写成以后，它跟日常生活里实在的事件或景象已经不再相关，它成了诗人所向往的人格的隐喻。

在这幅诗的画面上，天地归于沉寂，万物掩于苍茫，心失去语言，动作失去对象，最后剩下的只是一个固执的姿态。也许，诗人对他在人间舞台上的背景厌倦了，对他的遭遇厌倦了，对一切对他的生存发生作用的人事厌倦了，他把一切都洗净。假如说每一件艺术作品都是一个单独的世界，那么在这首小诗里，作者将整个世界凝固在这个固执的姿态上，用它来表达自己的孤傲。

江雪

［柳宗元］

千山鸟飞绝，万径人踪灭。
孤舟蓑笠翁，独钓寒江雪。

［赏析］

此诗写作者看和听一名乐伎表演的感受。

首句“紫袖”、“红弦”、“明月”是三组并列的意象，在色彩上相互映衬；同时由于“中”的出现，又使这三个名词性短语产生逻辑上的关联：穿紫衣的弹筝人在明月下弹奏着红色的筝。接着写弹筝人的神情：她虽是为人表演，却又似乎忘记了观赏者的存在，而完全沉浸到音乐之中去了。所以说她是“自弹自感”，说她“暗低容”——不知不觉地俯下了颜容。而音乐正是由于渗透了演奏者的情感而变得动人。音乐在演奏的过程中出现了停顿。所谓“弦凝指咽声停处”，包含了三个并列的短句，这种重叠强化了音乐出现停顿的过程，从而导出最后一句“别有深情一万重”。这里不点明是音乐本身还是演奏者“别有深情”，正是为了便于兼而言之。

乐曲从一个高潮趋向停顿，同时在停顿中蓄势待发，导向另一个新的高潮，这是音乐变化最为活跃的阶段，所以“无”之中包涵着最大的“有”。白居易非常喜爱这种音乐表现，并且善于把演奏者的情感和音乐的情感合成一体来写。在著名的《琵琶行》中，他对“此时无声胜有声”的音乐境界作了铺排的描写，而在这首绝句中，则用简洁的笔法作出一个内涵丰富的暗示。

夜筝

［白居易］

紫袖红弦明月中，自弹自感暗低容。
弦凝指咽声停处，别有深情一万重。

[赏析]

这诗是白居易任杭州刺史时游钱塘湖即西湖之作。写的是“春行”，不同于一般写“春景”，景物是伴着诗人的愉快的心情，随着他的行动、目光的变化渐次呈现的，诗中始终有人在。而早春又是万物生长、富于变化的时节，这一特点和它内蕴的生机也依赖诗人的敏感得以精巧地呈现。这双层的变化融为一体，诗境显得格外活泼流丽。

开头是平常的点题：“春行”的出发点和西湖的总貌。这种表现愉悦心情的游览诗不好用力过重；而湖水满涨、云水相连，已经写出春湖的特色。而后从鸟鸣之声引入细部，再由莺注意到燕。“几处”、“谁家”是诗人注意力的动态，“争”与“啄”是鸟的动态。随着诗人的目光，栖于枝头的莺儿和飞在空中的燕儿，配合着构成一幅惹人欢喜的画面。仰看之后是俯视，花色鲜丽，草色娇嫩，无不动人；妙在“渐欲”与“才能”用诗人的感觉表现了花草正在生长的气息。其实莺莺燕燕、花花草草，平常不过，要靠人写得新鲜。当然还有很多可写的景物，但诗人不再唠叨，他告诉你湖东是个令人流连忘返“行不足”的去处，仍是轻轻松松地结束了。

七律通常用几个带有跳跃性的层次组合起来，而此诗则轻快而流贯，别具特色。

钱塘湖春行

［白居易］

孤山寺北贾亭西，水面初平云脚低。
几处早莺争暖树，谁家新燕啄春泥。
乱花渐欲迷人眼，浅草才能没马蹄。
最爱湖东行不足，绿杨阴里白沙堤。

[赏析]

唐诗中写玄宗事迹的，长篇有白居易《长恨歌》，短篇有元稹《行宫》，各臻其妙，同样有名。

此诗寥寥二十字，以一幅内涵丰富的场景，令人联想到无限的题外之意。一位风流天子，一个壮丽而奇幻的时代，因为败亡毁灭而格外令人伤感。那些宫女们的生命似乎停留在过去了，惟有回忆才是有意义的。

然而时间毕竟消磨着一切：不仅宫女们的头发早已斑白，她们的回忆也渐渐失去了热情，她们的“闲说”是无聊赖的。历史就是这样，把一切光荣与梦想化为平淡，变作可有可无的话题。

行宫

【元稹】

寥落古行宫，宫花寂寞红。
白头宫女在，闲坐说玄宗。

[赏析]

《遣悲怀》共三首，为元稹怀念亡妻之作，这里选录的是第一首。

元稹妻韦氏出身贵家，又是幼女，而元稹门第既不如女方，早年宦运又不顺达，所以诗开头以东晋名相谢安最喜爱的侄女谢道韫喻对方，以战国时贫士黔娄喻自己，总括地写出韦氏嫁给自己所受的委屈和所遇的艰难。

此后两联为忆旧，所忆之事想必是感情上烙印最深的。说妻子因自己缺少衣衫而翻遍简陋的箱柜，那种焦急无奈的神情似乎可见；说自己死乞白赖缠着妻子拿她头上的金钗去换酒，既写出韦氏的贤惠，一个"泥"字也显出夫妻感情的亲昵。这些都是日常生活中的细节，因为真实，所以格外感人。接着再说韦氏持家，不得不常以野蔬为食，扫落叶为薪，这是从前一联的个别事件转到生活的长期状态，写尽了生活的困窘与辛酸。

如果夫妻共同从艰困中走出，往日的穷寒也就成了谈笑的话题；作为对妻子负有责任的丈夫，也可以坦然地有所夸耀。然而韦氏却在结婚七年后就去世了。元稹作此诗时，官位方显，俸禄颇丰，但他不能够对妻子做任何有意义的事情。拿许多钱作祭奠、延请僧徒超度亡灵，也只自慰而已吧。因为歉疚和歉疚的无可弥补，思念变得更沉重。

遣悲怀

[元稹]

谢公最小偏怜女，自嫁黔娄百事乖。
顾我无衣搜荩箧，泥他沽酒拔金钗。
野蔬充膳甘长藿，落叶添薪仰古槐。
今日俸钱过十万，与君营奠复营斋。

[赏析]

这诗篇制短小，语意也浅显，所描绘的场景，也说不上特异。那么，它的内涵，似乎只能是很有限的了。

但你仔细读它，总觉得有许多意味隐于言外。你可以想：在来访者的身后，有一个凡俗的世界，那里人们正为追逐名利而喧腾不休；来访者也许是对此感到疲倦了，便暂时地从中逃脱出来，试图到隐者的世界中品味一分高洁与宁静。而隐者却在云烟深渺之处，似乎让人感受到，他的世界对凡俗中的人而言，终究是遥不可及的；“童子”也无法道出隐者的踪迹，因为他只在隐者世界的边缘。于是，来访者与童子，在两个世界的交接处，有了这一番问答。

当诗歌的意象被用来象征深厚的内涵时，语言却是愈平淡愈有味，太精巧的修辞反而成为障碍。

寻隐者不遇

［贾岛］

松下问童子，言师采药去。
只在此山中，云深不知处。

[赏析]

古时皇宫中蓄养着众多年轻美貌的女子，她们大多在禁闭的环境中无聊地耗尽一生中最美好的青春年华。对这种悲哀命运的同情，也就成为诗歌的重要内容。此诗题为“赠内人”，其实只是“为内人（宫女）而作”的意思，并非真的投赠给某一个宫女。

诗在字面上只是描写一个宫女百无聊赖的生活情态，然而作者在细节的描写上都是带着暗示性的。鹭鸟的自由飞翔、双栖双宿，正是宫女孤独与禁闭的生活的对照；在她长久的凝视里，该是蕴涵着对生命的希望和哀怨。至于飞蛾扑火，在古代也常用来象征穷苦人因羡慕富贵而自蹈危境的遭遇。那宫女从灯火的威胁里救出飞蛾的时候，或许想到自己其实也像那蛾子一样的愚蠢吧？

只是诗在表面上写得很平静，它的暗示也是在若有若无之间。把联想的空间留给读者，是诗人吸引读者的一种手段。

赠内人

[张祜]

禁门宫树月痕过，媚眼惟看宿鹭窠。
斜拔玉钗灯影畔，剔开红焰救飞蛾。

[赏析]

古时年轻女子行动受拘囿，而室外劳作的场所，给了她们接触异性的机会，遂成为浪漫故事的滋生之地。所以古代咏唱爱情的诗篇，每以采桑、采莲为背景。采莲更多一分水上、岸边的曲折。景物的映托也更漂亮，在南朝以后的诗赋中尤为常见。

这首诗先渲染采莲的季候风光，接着以几幅精美的画面，写出那采莲女子为情所动的心理与憨态，笔调流畅而细腻。先是她贪看少年，连划船也忘了，任它随波漂流；情已痴迷，行事就放胆，竟抓起莲子向岸上人抛去；蓦然自己为自己吃了一惊，这才注意到远处另有他人，于是羞涩得不知如何是好……

诗只写了一个美妙的片断，结果如何呢，不知道。其实人生恐怕就是有些片断最足珍惜，到了“结果”之处，却未必佳。

采莲子

【皇甫松】

船动湖光滟滟秋，贪看年少信船流。
无端隔水抛莲子，遥被人知半日羞。

[赏析]

在司马迁的《史记》中，我们读到高贵而刚烈的项羽终于不敌无赖而狡猾的刘邦，在乌江边上，他拒绝了逃脱死亡的最后机会，把多年载负他驰骋沙场、叱咤风云的乌骓赠给企图救助他逃亡的乌江亭长，他嘲弄了率兵追逐而来的胆怯而又贪婪的叛徒，而后拔剑自刎。

世界归于沉默。英雄之王的尸体被割裂被争抢作为换取功勋和报偿的凭据，无赖和懦夫们开始计算自己的胜利，他们喃喃的含糊的声音充塞在这个平庸的人世。——但还有乌骓，李贺想象这神骏的坐骑习惯了奔腾于烟尘而所向披靡的生涯，它将无法忍受被人圈养、被人驱使而谋得一份草料的日子，它在风中哭泣了。

在想象并描述“神骓泣向风”这一景象时，李贺说出了他心里的寂寞。

马诗

［李贺］

催榜渡乌江，神骓泣向风。
君王今解剑，何处逐英雄。

[赏析]

像是电影的“蒙太奇”手法，李贺善于将一连串冷色调的绮丽片断联接起来，以跃动的意象刺激读者的感官——

月轮沉落，熹微的曙色中淡淡显出一团湿冷而娇艳的红花。黑鸦数点从城墙上飞起。城市也渐渐显露轮廓，柳色朦胧如烟。

镜头转向室内，一个女子隔夜的妆饰已经残损，神色憔悴。流光穿过薄如蝉翼的罗帐，被褥上金线的绣花在幽暗中闪烁着神秘的光泽。

回到室外，满城柳絮飞舞，漫漫然无所依归。说人心的惆怅像这柳絮哟，好像是又好像不是。

一场短暂的幽会，留下长长的伤感。

石城晓

【李贺】

月落大堤上，女垣栖乌起。
细露湿团红，寒香解夜醉。
女牛渡天河，柳烟满城曲。
上客留断缨，残蛾斗双绿。
春帐依微蝉翼罗，横茵突金隐体花。
帐前轻絮鹅毛起，欲说春心无所似。

［赏析］

《雁门太守行》是乐府旧题，李贺用此题描写一场失败的战事，是否具体有所指则不可知。

开头两句以两个片断镜头构成一幅画面：黑云以摧城之势涌来，使人感受到强大的威压；从云缝中射下的阳光照亮城头，令将士身上的铠甲一片片金光闪耀，则象征着守城者激昂的情绪。敌我的对抗，在诗中竟依赖色彩力量的对抗来表达。而后是日暮，肃杀秋色中号角满天，塞上的红土凝成浓暗的紫色。这进一步渲染了紧张的气氛和沉重的心情，甚至是死亡的气息。决战将要开始，守城的将士选择了孤注一掷的出击，军队卷着红旗进发到荆轲曾高歌“壮士一去兮不复还”的易水边，鼓声被击响，但它是沉闷的。一切都预示着失败的不可避免，然而将士的决意赴死，预告了战斗的惨烈。李贺是唐代诗人中最擅于调动直觉、运用暗示的一位，他几乎从来不对事件作完整的叙述。在这首诗里，战争的过程通过一系列诉诸感官、富于象征意味的片断来呈现，这隔绝了知性与逻辑的作用，使读者的感情始终沉浸在诗中；写悲哀的事件照常规不宜用过多的色影，李贺却正是通过黑、金、紫、红以及玉白等诸多浓厚的色彩，营造了凝重惨烈的气氛；而他选择一个注定的失败来讴歌勇士的力量，尤其不同寻常。

雁门太守行

［李贺］

黑云压城城欲摧，甲光向日金鳞开。
角声满天秋色里，塞上燕脂凝夜紫。
半卷红旗临易水，霜重鼓寒声不起。
报君黄金台上意，提携玉龙为君死。

[赏析]

“周郎”——三国时东吴大将周瑜，在古诗词中常被描绘成男子一生成功、略无缺憾的标本：他出身高贵，少年得志，多才多艺，风流俊爽，得娶美女为妻，还特别受众多女性的青睐，更在三十四岁之际率孙、刘联军于赤壁大战中击溃曹操八十万大军，留下赫赫历史声名。虽说享寿不永，但好好一个“周郎”，似乎真也不必活成老朽衰残之态。

然而杜牧却在诗中同历史抬杠。他说赤壁之战若不是正好遇上一场东风，周瑜火攻不成，就有可能失败，连他老婆小乔和孙策之妻大乔都会被曹操掳去享用。而“东风”也只是象征，它意味着使英雄获得成功的偶然的历史机缘。换言之，若非生逢其时，风云际会，周瑜即便有天大本领，恐怕也只能像他杜牧一样，荒唐于“十年一觉扬州梦”中。那么，反过来呢，当然是同样道理。

所以，这诗里真正要说的，其实不是周瑜，而是那个在虚构的诗歌情节中手持一柄古戟陷于沉思的诗人自身。他在想，究竟是什么力量在根本上操纵着人生的成与败，幸或不幸。

赤壁

[杜牧]

折戟沉沙铁未销，自将磨洗认前朝。
东风不与周郎便，铜雀春深锁二乔。

[赏析]

这仅是客路上目光的偶遇。游子是有牵挂的，只是他所牵挂的并非那凭楼遥望的“红袖”；想象起来，那凭楼遥望的“红袖”也应该是有期待的，只是她所期待的并非正从眼前驰过的客舟上的游子。他们彼此借对方织成自己的遐想，然后，也许各自从心中发出一声长叹。

世间有无数等待和被等待的人，他们的孤独是相同的。在彼此无语相望的一刻，心灵忽然有了沟通。这一个场景，因此显得美丽而动人。

南陵，今安徽南陵县，唐时属宣州。

南陵道中

[杜牧]

南陵水面漫悠悠，风紧云轻欲变秋。
正是客心孤迥处，谁家红袖凭江楼？

[赏析]

在桑乾河北，从秦地征发来的士兵纷纷倒在血泊中了。夕阳，枯草，呜咽的流水，或者，还有微弱的呻吟，是可以想到的景象。

而家乡的寒衣恰在这样的日子寄出，还有母亲或者妻子的期盼与叮咛。她们难免会说些家乡的琐事：猪的肥瘦，收成的好歹，邻舍的嫁娶……

犹如电影中的蒙太奇，死亡与等待在同一个时间里交叠。而战争，无论它有多少种解说，此刻，解说是空虚的；解说只归解说的人。

塞下曲

［许浑］

夜战桑乾北，秦兵半不归。
朝来有乡信，犹自寄寒衣。

［赏析］

诗中关于“少年”，隐用了两个旧典：说相逢的地点为淮阴市，不仅是必要的交代，而且引人联想到汉初名将韩信年少时在淮阴乞食于漂母、受辱于胯下的故事；酒楼酣醉而高歌，则又叠现着战国侠士荆轲、高渐离的身影。所以作者对此少年无须多着笔墨，已告诉读者他是何等样人，如今是何种处境。

诗开头便说“江海相逢”，此“江海”差不多等于现在武侠小说常用的“江湖”。江湖是什么呢？它很含糊，大抵是指通常的社会秩序与规则之外的一种生存空间，在那里人们游离于既存的社会结构之外，以较常人更为任情任性、自由放任的方式生活，同时也失去了在既存的社会结构中可以获得的利益：权位、荣誉、光宗耀祖的满足感等等。江湖中的佼佼者便是“侠士”，他们是自由的，也是落魄的。

温庭筠自非江湖中人，他与此“少年”客路相逢，正当秋风叶下，洞庭波起（此处借用了《楚辞》诗句），把酒共醉，彼此于人生的憾恨产生了共鸣。他对“少年”的生活既有向往，亦有怜惜，但此刻，在生命的前因后果之外，正不妨击节高歌。

酒后各有长途。作此“赠少年”也是自己对自己的纪念吧。

赠少年

［温庭筠］

江海相逢客恨多，秋风叶下洞庭波。
酒酣夜别淮阴市，月照高楼一曲歌。

[赏析]

乐游原在唐都长安东南，如其名所示，它是长安人喜爱的游览之地。这里地势高敞，草木丰茂，飞禽走兽，栖息遨游，而云天高渺，千古如斯。

登古原遥望长安，全城在目，其间变局纷纷，人情凉暖，只在须臾。念天地之悠悠，便觉人事琐杂，原本无足道。所以诗人意有不适，登古原而得解。而况黄昏时分，夕阳染大地如黄金世界，层林光彩闪耀，一望无垠，大自然的辽阔壮丽，格外令人惊叹。

然而好景不常，年华易逝，白鬓长影，又怕对黄昏。人在世间的一生，有多少消磨在无谓的琐杂中，而诗意的感受，不过是间或的片刻。人生是应该这样被辜负的吗？

登乐游原

［李商隐］

向晚意不适，驱车登古原。
夕阳无限好，只是近黄昏。

[赏析]

唐玄宗李隆基是个多才多艺的风流天子，他又以重视王室的和洽著名，常把诸王——他的兄弟子侄召入宫中，聚宴欢饮。诗中所写“龙池”在兴庆宫内，是玄宗经常举行家宴的地方。因是家宴，所以连“云屏”也撤去了，不计较男女之别。“羯鼓”则是出于羯族的乐鼓，声调亢奋，玄宗很喜爱，而汝南王李琎擅长于此。自家人击鼓自家人听，气氛真是亲密而热闹，其乐融融。于是宴会就开到很晚，夜半才散——诗这么平平地一路写下来，描绘出皇家的和睦，同时也就映衬了皇帝的美德。

问题出在最后一句。“薛王沉醉”，这是没有深意的一笔，喝醉的人该有不少，但为什么“寿王醒”？寿王李瑁是玄宗之子，他原来的王妃叫杨玉环，被父亲索去，册立为贵妃——有名的杨贵妃。这场龙池夜宴，她当然也是在场的。那么，在这亲密热闹的家宴中，寿王会是什么心情？进一步说，诗中没有明写的玄宗与杨贵妃，宴后该是别一番景象，寿王醒着，会想到这一层的。

这样重新读诗，你才发现，在诗人语调平平像是漫不经意的描绘中，深藏锐利的讥刺。皇家生活的荒唐无耻和虚伪，被揭露无遗。古人论诗重委婉含蓄，而李商隐诗每于委婉含蓄中藏有锐利的锋芒，这是不易得的。

龙池

［李商隐］

龙池赐酒敞云屏，羯鼓声高众乐停。
夜半宴归宫漏永，薛王沉醉寿王醒。

［赏析］

这是想象当年吴王夫差深宫里的景象：黄昏时分，一场欢宴停止在它的高潮状态上。那该是夫差霸业成就、美人西施在怀的日子吧，酒宴上有过狂热的歌舞、恣肆的欢笑，都是不用说的；只是现在，所有的人都已醉去，沉入心满意足的梦境。幸福在安静中凝结，似乎醉生梦死也可以是一个永恒。

然而时间仍然在流动着，水浮载落花漂出宫来就是证明。而只要时间在流动，变化就不会中止，犹如花开必有花落。在吴宫沉醉的时刻，威胁已在远方生长着，而衰亡的气氛似乎已经悄悄降临。

这一时刻是耐人寻味的。

吴宫

【李商隐】

龙槛沉沉水殿清，禁门深掩断人声。
吴王宴罢满宫醉，日暮水漂花出城。

[赏析]

蝉在古代是清高品格的象征。既然清高，不肯在污秽处得饱足，就难免饥寒，蝉又为什么哀鸣不停呢？叫到五更，其声无力，其情可哀，它所托身的树却漠然无所动，只顾对自己的青碧自怜自赏。

写蝉是为了写自己。失意中的诗人指望得到对自己清高自守的认同，且因此得到有力者的举拔，终了却发现长久的呼求陈情只是徒劳，有力者何尝肯为一个失意人的不合时宜的哀苦之声而动容？

无告的悲哀是真正的悲哀，“自鸣清高”却因为“鸣”而显出卑微可怜来了。蝉呵，不鸣也罢。

蝉

【李商隐】

本以高难饱，徒劳恨费声。
五更疏欲断，一树碧无情。
薄宦梗犹泛，故园芜已平。
烦君最相警，我亦举家清。

[赏析]

东风细雨，隐隐雷声。室内金蟾香炉燃着轻烟，户外玉饰的虎状辘轳悬着丝绳。这是一个贵族女子幽居于华室的环境气氛。这里的每一句都带有暗示：东风细雨中，山鬼有过无望的期待（《楚辞 · 山鬼》），远处轻雷，曾使被弃的人疑为车声（司马相如《长门赋》）；香烟缭绕是一种缠绵，丝绳垂荡于井底是一种深情。——那幽居的女子是苦苦地有所等待的。

贾充之女爱慕韩寿之少俊而与之私通，甄后爱慕曹植的才华而留枕托梦，均是历史上女子大胆追求所爱之人的故事，用在这里代表着女主人公热烈的人生向往。但是，她那热烈的春心，却不能与美丽的春花争艳比美；在花儿层层绽放的时光里，她的相思只是徒然地燃化，如线香般化为寸寸灰烬。

惟因无望，惟因毁灭，她对爱情的渴望和美丽的生命才格外令人动情。

无题

［李商隐］

飒飒东风细雨来，芙蓉塘外有轻雷。
金蟾啮锁烧香入，玉虎牵丝汲井回。
贾氏窥帘韩掾少，宓妃留枕魏王才。
春心莫共花争发，一寸相思一寸灰。

[赏析]

被五更钟声敲醒的人犹依稀在他的残梦中，而流泻的月华更把这真幻难辨的世界罩上一片朦胧。长夜将逝，重来的期约已成空言，就连入梦的倩影，亦已渺然无踪。分明那人儿曾为远别啼泪，只是千唤无应；急切地挥毫抒写久积的情愫，却又是墨色模糊而不识所云。道它真是梦么？却见帷帐上金色的翠鸟图案分外耀眼，而绣以芙蓉的锦被还飘散着麝香，欢会时刻的痕迹似乎历历在目。一切均是恍惚，人道仙凡阻隔，蓬山渺茫，如今的相隔却犹如蓬山万重。

无题

［李商隐］

来是空言去绝踪，月斜楼上五更钟。
梦为远别啼难唤，书被催成墨未浓。
蜡照半笼金翡翠，麝薰微度绣芙蓉。
刘郎已恨蓬山远，更隔蓬山一万重。

[赏析]

假设有个大力士全身紧张、虎视眈眈地防备着想象中的敌人，却被人从背后击一掌，扑倒在地，那情形当然很滑稽。要说秦王朝覆灭的原因，本是千头万绪。这诗中，只说始皇焚书愚民，欲得保持其帝业不坠，结果下手捣毁其江山的刘邦、项羽（也包括他们之前的陈胜、吴广）全不是读书人，于是描绘出上面所说的那种滑稽场景，从而给“焚书事业”以尖刻的嘲弄。

七绝常被用来发议论。此诗从一个历史遗迹（其实很可能出于虚构）着眼，用稍带夸张的笔法压缩时间，使焚书事件与秦之覆亡几乎同时出现，最后点出焚书的无用与乖谬，写得明快爽利而富于形象感，遂成为脍炙人口的名篇。

至于说历史喜欢同人开玩笑，喜欢用意外的结果来颠覆强权者的美梦，那是更深一层的联想了。作者有无此意不得而知，但读诗的人难免会想到这一点——诗之有趣正在于此。

焚书坑

［章碣］

竹帛烟销帝业虚，关河空锁祖龙居。
坑灰未冷山东乱，刘项原来不读书。

[赏析]

“河湟”指今日青海、甘肃一带黄河与湟水流域，唐中叶起为吐蕃占据，历经战争，近百年后才收复。这诗中所写的一名“河湟旧卒”自少年从军，头白乃得归乡，把几乎是一生的时光留在了那一片寒瘠而多难的土地上。然而他终究还是幸运的，更多的人在那里化为了白骨。

这位爱吹笛的老兵，你不难想象他在边城的日子也常常吹笛，那应该是思乡的曲子，身边围坐着默默的同伴。等到“头白时清返故乡”，其实故乡于他已是很隔膜，他的人生中可以数说的悲欢与梦想，都只跟边城相关联。所以此刻他又吹起“边曲”来，那散播在残阳中孤独而苍凉的边曲，是对往日同伴们的凭吊，也是对自己曾经有过的人生怀想的凭吊。

生命常常不是人自己能够把握和支配的东西，有时你只能得到它的一点点残余。

河湟旧卒

［张乔］

少年随将讨河湟，头白时清返故乡。
十万汉军零落尽，独吹边曲向残阳。

[赏析]

离别相思之人，贪恋梦中的欢会。虽说虚幻，终究有一时的快乐，给生活以补偿。然而深长的忧伤有时也会渗透到梦里，使悠渺的希望，仍旧遭遇失望。

那么能坚持的只有思念自身了。它化为梦魂，依依飘绕于情人的居所（诗中的“谢家”），穿过曲折的走廊，怅望庭院中幽暗的月色映照无声飘零的春花。时间变得缓慢，令景物从容诉说曾经有过的恋情故事。

如果相思是可以坚持的，那么它自身也足够美丽。

寄人

［张泌］

别梦依依到谢家，小廊回合曲阑斜。
多情只有春庭月，犹为离人照落花。

[赏析]

据说这是诗人郑愚在湘中的驿楼上听到一名女鬼所吟咏的诗，他把它记录了下来（《树萱录》）。中国古代关于鬼作诗的传说甚多，且大多是女鬼，她们的诗通常发出哀怨之声。

在本篇中，咏诗的女鬼说到她曾经有过一个“佳期”。按照这一类故事的通例，那应该是在她没有成为鬼的时候，曾经和某个男子有过刻骨铭心的相恋。而“佳期不可再”，表明他们在分离的时刻留下了再度相见甚至是再见后便永远相互厮守的许诺，而结果是这一天一直没有到来。她等待了多久呢，十年八年或是一百年一千年？谁也不能知道。总之，她从生等到死，做了鬼还在永无休止地等待。对于她来说，时间已经凝固在她那无望的却坚决不肯放弃的等待上；她似乎在证明：一个强烈而尖锐的感情可以穿透一切。

但在中国古代文学里，绝少有感情同样坚定的男人或者男鬼。于是，从《楚辞》中的山鬼以来，这一类女鬼只能永远地咏唱着只属于她们自己的一份绝望的爱情。

题玉泉溪

【无名氏】

红树醉秋色，碧溪弹夜弦。
佳期不可再，风雨杳如年。

[赏析]

《水调歌》是唐代一种歌曲的名称，这首诗原来是歌词。作者已无从知晓，但与任何名家的边塞诗作相比，它也不见得逊色。

前两句以日落星出为视点，写出边塞荒凉而壮阔的景象。它的效果是多方面的。首先，对将要发生的事件来说，这是关于时间和地点的必要交代。但这种交代是放在一个动态的描写中完成的，它调动了读者的视线，把读者的注意力很快引入到诗的意境中。同时，这种荒凉而壮阔的边塞景象，不仅是对战争背景的说明，它也烘托了气氛，以暗示的手法影响了读者的情绪。

继而写夜色中远方孤山几处烽火燃起，“连营”——规模盛大、连成一片的军营中，将士们迅速作好了准备，等待战鼓擂起。这里的描写表面上是安静的，但内里充满了紧张。你可以想象一场残酷而激烈的厮杀即将发生，但诗已经结束了。它维持着紧张，让你感觉到有一种强大的力量正处于迸发的前夕，因此你的兴奋不因诗的结束而消退。

水调歌

［无名氏］

平沙落日大荒西，陇上明星高复低。
孤山几处看烽火，壮士连营候鼓鼙。

图书在版编目(CIP)数据

美丽古典 / 骆玉明著. -- 南京 : 江苏凤凰文艺出版社, 2017.4

ISBN 978-7-5399-9384-3

Ⅰ. ①美… Ⅱ. ①骆… Ⅲ. ①唐诗—诗歌欣赏 Ⅳ. ①I207.227.42

中国版本图书馆 CIP 数据核字（2017）第 040140 号

书　　名　美丽古典

著　　者　骆玉明
责任编辑　黄孝阳　汪　旭
出版发行　凤凰出版传媒股份有限公司
　　　　　　江苏凤凰文艺出版社
出版社地址　南京市中央路 165 号，邮编：210009
出版社网址　http: //www.jswenyi.com
经　　销　凤凰出版传媒股份有限公司
印　　刷　鸿博昊天科技有限公司
开　　本　880 × 1230 毫米　1/32
印　　张　5.375
字　　数　80千字
版　　次　2017 年 4 月第 1 版　2017年 4 月第 1 次印刷
标准书号　ISBN 978-7-5399-9384-3
定　　价　38.00 元

（江苏文艺版图书凡印刷、装订错误可随时向承印厂调换）